Der Suppenheld

Johanna Pernerstorfer
Der Suppenheld

Illustrationen
Johanna, Franziska und
Magdalena Pernerstorfer

Umschlagmotiv
Johanna Pernerstorfer

Layout und Umschlaggestaltung
Matthias J. Pernerstorfer

Typographie und Satz
Gabriel Fischer

Hergestellt in der EU

Alle Rechte vorbehalten
© HOLLITZER Verlag, Wien 2021
www.hollitzer.at
ISBN 978-3-99012-958-6

*Meiner Frau Lehrerin
Doris Valny-Tienes
gewidmet*

Die Idee zu diesem
Buch kam mir beim Lesen
von Margit Auers Buch
„Die Schule der magischen Tiere –
Endlich Ferien".
Band 5: „Benni und Henrietta",
Kapitel 2: „Suppenheld gesucht".

INHALT

Chaotischer Umzug	7
Die Versammlung	9
Besuch im Zoo	11
O Nein!	14
Bäh!	16
Putzen	18
Im Supermarkt	20
Das leckere Mittagessen	22
Ertappt	24
Die Neuwahl	25
Vorfreude	28
Das Geständnis	30
Der coole Kinobesuch	32
Am Spielplatz	34
Der komische Traum	36
Eine erfreuliche Begegnung	40
Der Abschied	42

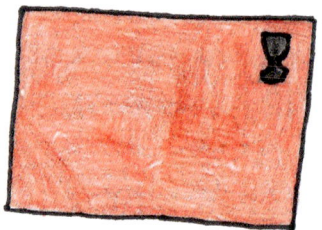

CHAOTISCHER UMZUG

In der Linsenallee 14 herrschte Chaos. Lisa Gruber und ihre Eltern zogen gerade in das neue Haus ein. Es war Sommer und noch heißer als sonst. Irgendwie lief alles schief. „Mama, was tut diese doofe Standuhr in meinem Zimmer?", rief Lisa aufgebracht. Ihr war viel zu heiß, weshalb sie trotziger als sonst war. Schon eilte ihre Mutter ins Zimmer und räumte die Uhr weg. „Lisa, wenn man umzieht, können die Möbel halt mal falsch hingestellt werden!", rief ihr ihre Mutter noch zu. Auch den Kühlschrank konnte man einfach nicht einschalten. Doch so viele Pannen es auch gab, am Abend war alles perfekt. Alle Zimmer waren in einem anderen Stil eingerichtet – so gefiel jedem zumindest ein Teil des Hauses. Das Mädchen machte ein bisschen etwas für die Schule. Schon in vier Tagen begann sie wieder!

Das erste Abendessen im neuen Haus stand bevor. Lisa war irgendwie aufgeregt. Warum — das wusste sie selbst nicht.

DIE VERSAMMLUNG

Die Familie ging an diesem Abend schon früh schlafen. Sie hatten alle lange geschuftet, um ihre Zimmer auf Vordermann zu bringen. Die drei waren sehr erschöpft, denn es war wirklich anstrengend gewesen.
Wären alle nicht so früh zu Bett gegangen, hätte die Familie im Kühlschrank etwas grummeln gehört. Dort hielten Obst und Gemüse und das sonstige Essen eine geheime Konferenz ab. Den Anführer des Kühlschranks nannte man schon seit langer Zeit den Suppenheld. Momentan war es Apfitomo, ein Pfirsich. Alle Blicke waren auf ihn gerichtet, doch dieser ließ sich lange Zeit, bis er mit seinem Vortrag begann.
„Liebe Kolleginnen und Kollegen,
heute geht es um ein sehr wichtiges Thema, nämlich um Balduin, den Eisbergsalat, Sammy, die Salami, und Birk, den Brokkoli. Alle drei werden bald entweder verschimmelt oder ungenießbar sein. Deshalb schlage ich vor, dass

wir uns morgen wieder hier treffen, um zu besprechen, was wir machen könnten, damit alle drei zumindest ein glückliches Ende haben."

Damit war die Mehrheit einverstanden, doch Balduin, Sammy und Birk wurden unruhig. Ihr Anführer dachte, sie wären traurig wegen ihres Todes. Deshalb sagte er: „Na kommt, ist doch nicht so schlimm." Aber dieser Satz machte alles noch viel schlimmer. Jetzt waren sie alle das Gegenteil von ruhig. Jedoch wurden die meisten schon bald müde und in der Küche wurde es so leise, dass man sogar eine Stecknadel hätte fallen hören können.

BESUCH IM ZOO

„Na, habt ihr gut geschlafen?", fragte Lisas Vater am nächsten Morgen, der super begann. Die Eltern Bernd und Melissa waren gut gelaunt, Lisa war nicht trotzig. Alles war perfekt. Umso besser wurde es, als die Eltern auch noch sagten, sie würden heute in den Zoo gehen. Lisa jubelte vor Glück. Dankbar fiel sie ihren Eltern um den Hals: „Danke Mami, danke Papi!"

* * *

Knarrend sprang der alte Audi an und Familie Gruber fuhr in Richtung Zoo. Dort angelangt, sprang Lisa als erste aus dem Auto. Lachend lief das Mädchen auf den Zooeingang zu. Ihre Eltern folgten ihr im Schritttempo. Das Kind war sehr vergnügt, als es den Weg entlang hüpfte. Lisa faszinierten besonders die Papageien, da die meisten von ihnen sprechen konnten. Sie blieb lange vor dem Käfig der Vögel stehen. Als das Mädchen zum Gehege der Affen kam, musste es laut lachen. Die Tiere spielten gerade fangen. „Mama, Papa!", rief das Mädchen ungeduldig: „Wo bleibt ihr denn?" Nur zwei Minuten später kamen ihre Eltern, die gerade die schnellen Tiger bewundert hatten, herbeigeeilt. Die Familie ging noch zu den riesigen Giraffen und den dicken Elefanten. Staunend blieb Lisa vor dem Flamingo-Gehege stehen. „Wow, sind die schön!", sagte sie beeindruckt.

„Na, Lisa, möchtest du vielleicht ein Würstel essen?", fragte ihre Mutter Melissa. „Ja, sehr gerne sogar", antwortete das Kind. Schon waren sie auf dem Weg zum Würstelstand. „Mein großes Mädchen, heute darfst du dir zwei Sachen aussuchen." – „Danke, dann nehme ich zwei Würstel", rief Lisa. So bekam sie zwei Würstchen.

Eines aß sie auf, das andere nahmen sie mit nach Hause. Am Heimweg blieb die Familie noch kurz beim Park stehen, um frische Luft zu tanken, danach ging Melissa noch schnell einkaufen und besorgte Butter. Erst dann fuhren sie weiter.

O NEIN!

Als die Familie an diesem Tag nach Hause kam, war es schon relativ spät. Lisa ging kurze Zeit später schlafen. Ihre Eltern plauderten noch einige Zeit. Doch nach zwei Stunden gingen auch sie ins Bett. In der Küche versammelten sich inzwischen alles Obst, Gemüse und die anderen Lebensmittel. Apfitomo trat auf das Butterpackerl, seine Bühne, und alle erwarteten gespannt seine Rede.

„Liebes Essbare aus der Küche!
Ihr wisst alle, warum wir hier sind. Ich schlage vor, dass wir aus ihnen eine Suppe machen." – „Hey, was redest du?", unterbrach ihn das Würstchen Ringo. „Über den Brokkoli, die Salami und den Eisbergsalat", beantwortete Apfitomo Ringos Frage. „Aber wie kann man aus einer Salami und einem Eisbergsalat eine Suppe machen?", fragte eine Backerbse. „Da hast du recht", stimmte ihr der

Suppenheld zu. Doch plötzlich schwankte der Pfirsich und fiel um. Sofort eilte eine Tomate zu ihm und sah nach dem Suppenheld. Schockiert teilte sie den anderen mit: „Apfitomo ist tot!" Die meisten waren traurig, nur einer nicht: Ringo. „Na, ihr Köstlichkeiten, könnte nicht ich Apfitomos Platz einnehmen?" Alle stimmten ihm zu. Sie ahnten nicht, was Ringo mit ihnen machen würde. Doch nur wenig später erfuhren sie es. „Ahhhh!", rief eine Backerbse von vorne, „Ringo ist böse!" – „Na, habt ihr schon bessere Zeiten gesehen?" Er spießte die zitternden Backerbsen auf und aß sie. „Ja, habt ihr!" Doch schon wurde es Tag, und alles Gemüse und Obst lief angstvoll auf seinen Platz zurück.

BÄH!

Gleich darauf kam die Familie zum Frühstücken herein. Heute waren Lisas Eltern nicht gut gelaunt. „Gleich nach dem Essen wird das Haus geputzt!", kündigten sie an. Lisa machte ein trauriges Gesicht. Danach widmeten sie sich wieder ihrem Frühstück. Die Familie aß heute nur Schwarzbrot mit Käse. Doch weil Timo der Bergkäse noch Angst vor Ringo hatte, stank er nicht nur mehr als normal, sondern schmeckte auch sehr ekelig. Lisa biss einmal von ihm ab und schrie: „Bäh, der ist überhaupt nicht gut." Ihre Eltern probierten Timo auch, und gleich darauf riefen sie: „Bäh, den kann man ja wirklich nicht essen." So wanderte der Käse wieder in den Kühlschrank. Jetzt musste sich Familie Gruber mit dem Schwarzbrot zufriedengeben. Mitten im Frühstück standen Bernd und Melissa auf und gingen in den Flur. Dort bereiteten sie die Putzutensilien vor. Lisa blieb allein in der Küche zurück. Dabei sah das Mädchen gespannt auf die Backerbsen. Hatten sie sich

gerade bewegt? Nun bewegten sie sich natürlich nicht mehr. "Hm, wahrscheinlich habe ich mich getäuscht", dachte sich Lisa. Gleich darauf kamen ihre Eltern zurück. "Mama, Papa, können sich Backerbsen eigentlich bewegen?", fragte sie. "Naja, manche glauben das, die meisten aber nicht", antwortete ihre Mutter Melissa. Sie aßen weiter. "Nur Schwarzbrot, das ist auch nicht so gut. Ich hole am besten noch Butter und Honig aus dem Kühlschrank", sagte ihr Vater Bernd. Schon war er auf dem Weg. Als er beim Kühlschrank angelangt war, machte er die Tür auf und sah das Butterpackerl ganz hinten liegen. "Hab ich das nicht gestern ganz nach vorne gelegt? Naja, ist egal." Er nahm die Butter und ging damit zurück zum Tisch. Friedlich aßen sie das Frühstück fertig.

PUTZEN

Sofort nach dem Frühstück begann Familie Gruber mit dem Putzen. Zuerst putzte jeder sein Zimmer. Danach kam der Flur dran. Alles lief gut, bis Lisa an eine Vase stieß. Ihre Mutter schrie auf: „O nein! Du hast meine Lieblingsvase kaputt gemacht!" Melissa war sehr wütend. Das Mädchen lief schnell in sein Zimmer, damit die Mutter nicht mehr schimpfen konnte. Doch leider folgte diese Lisa. Und schon ging es weiter. Erst nach einer Stunde beruhigte sich die Frau. Doch die Stimmung war noch immer angespannt.

Lisa

„Bernd, wärmst du uns bitte die Würstel auf", fragte die Mutter. „Okay, aber ich glaube, wir haben nur mehr ein Würstel", erwiderte der Mann. „Gut, dann kaufe ich noch zwei Käsekrainer im Supermarkt. Lisa, kommst du mit?" Lisa war gerade in ihrem Zimmer, also hörte sie ihre Mutter nicht. So musste Melissa hochlaufen, um ihre Tochter zu fragen. Als die Frau atemlos oben ankam, rief Lisa: „Na klar komm' ich mit."

IM SUPERMARKT

Auf dem Weg zum Supermarkt kamen sie am Park vorbei. Dort spielten gerade zwei Hunde. Lisa fragte ihre Mutter: „Mami, können wir den Hunden bitte ein bisschen zusehen?" Das tat sie gerne. Die Hunde tollten herum und jaulten. Sie hatten sogar Kunststücke drauf. Lisa rief entzückt: „Oh, die sind ja sooo süß! Am liebsten würde ich mir gleich einen mitnehmen." Erst nach einer halben Stunde gingen Tochter und Mutter weiter zum Supermarkt. Dort angelangt, nahm sich Melissa ein Wagerl. So marschierten sie in das Geschäft. „Mama, darf ich bitte Müsliriegel haben, wir hatten schon soooo lange keine mehr, biiiitte", bettelte Lisa. Ihre Mutter willigte ein. So kauften sie zwei Käsekrainer, Müsliriegel und Eier.

Der Heimweg dauerte länger als normal. Die beiden sahen nämlich wieder den spielenden Hunden zu und spazierten durch die wunderschöne Allee. Gerade glitzerten die Blätter schön in der Sonne. „Lisa, wie gefällt es dir eigentlich hier? Ich finde es wundervoll", sagte Melissa. „Mir gefällt es gut, nur habe ich hier noch keine Freunde gefunden", erwiderte das Mädchen. Lisa ahnte nicht, wie schnell sich das ändern würde.

DAS LECKERE MITTAGESSEN

Als die beiden zu Hause ankamen, empfing Bernd sie an der Tür. „Habt ihr vielleicht für mich einen Hut gekauft?", fragte er fröhlich. „Nö, Papa, wir haben nur Käsekrainer, Müsliriegel und Eier gekauft", antwortete ihm seine Tochter. „Lisa, legst du bitte die Eier in den Kühlschrank", rief Melissa. Das Mädchen führte das aus. In der Zwischenzeit wollte der Vater die Käsekrainer und das andere Würstchen aufwärmen, doch die Mikrowelle funktionierte nicht. „Mist!", schimpfte er, „jetzt müssen wir einen Elektriker anrufen." Und schon war die schlechte Laune wieder da. „Ich möchte Pizza essen", rief Lisa. So bestellte die Mutter auf ihrem Handy eine Pizza und Bernd am Festnetztelefon einen Elektriker. Doch weil das Festnetztelefon und das Smartphone verbunden waren, hörte man jeweils den anderen sprechen. Bernd und Melissa teilten den zwei Männern gerade ihre Bestellungen mit, als plötzlich der Pizzabote sagte: „Willie, bist du das?" Der Elektriker antwortete: „Ja, ich bin's, Willie. Aber nur einer nennt mich Willie — und das ist Norbert. Bist du's, Norbert?" „Ja, natürlich bin ich's." Der Pizzabote und der Elektriker fingen ein langes Gespräch an. Melissa und Bernd fühlten sich überflüssig und legten die Telefone auf die Seite, drehten sie aber nicht ab, damit Willie und Norbert weiterreden konnten. Sie wollten zwar nicht lauschen, aber es war die einzige Möglichkeit, das Gespräch aufrecht zu erhalten.

Der Nachmittag verging wie im Flug. „Mann, vergeht die Zeit schnell!", dachte sich das Mädchen.

ERTAPPT

Am Abend nahm Lisa die Pizza und ging mit ihr zum Kühlschrank. Als sie davor stand, hörte das Mädchen ein Grummeln. Es blieb stehen und lauschte. Sprach da nicht jemand? Lisa sah in den Kühlschrank …

… und schrie auf. Das ganze Essbare des Kühlschranks war hier beisammen, alles hatte ein Gesicht! Auch die Lebensmittel hielten den Atem an. Ringo fiel um vor Schreck. Die erste, die die Fassung wiedergewann, war Apfitoma, Apfitomos Freundin. Sie hatte die Gestalt eines Apfels. „Siehst und hörst du uns, Mensch? Wenn ja, dann bist du was ganz Besonderes", sagte sie. „Natürlich – was sonst?", fragte Lisa ahnungslos. „Nicht jeder kann uns wirklich sehen oder hören, die anderen sehen uns nur herumkullern", erklärte der Apfel. „Das stimmt!", warf Ringo ein, der gerade wieder zu sich gekommen war. „Aha, jetzt verstehe ich!", rief das Mädchen erfreut: „Das muss ich gleich meinen Eltern erzählen!" „Halt, warte! Das soll ein Geheimnis bleiben! Und außerdem werden sie es dir eh nicht glauben! Wir können, wenn du willst, auch deine Freunde werden!", sagte Müsliriegel Martha. Lisa versprach es, und alle wurden Freunde.

DIE NEUWAHL

Lisa und ihre neuen Freunde plauderten noch ein bisschen, bis das Mädchen schlafen ging. Alle fanden Lisa nett, bis auf Ringo. Er hatte es zwar noch nicht zugegeben, dennoch wusste es jeder. Denn durch Lisa kamen alle zu dem Entschluss, dass Ringo nicht mehr Suppenheld bleiben dürfe.

Nun wurde allen klar, dass Ringo böse war, denn er tobte und schlug um sich. Das Würstchen schwor allen Rache. Aber die Lebensmittel hatten keine Angst davor, denn sie vertrauten auf Lisa. Sie würde dafür sorgen, dass das Würstchen schnellstmöglich aus dem Kühlschrank verschwand.

* * *

Benni

Clemens, die Clementine, bereitete schnell alles für die Wahl vor. Zuerst wurden drei Butterpackerl zusammengeschoben, sodass eine Wahlkabine entstand. Danach wurden fünf Kandidaten ausgewählt: Nina (eine Marille), Tara (eine Melone), Markus (ein Kürbis), Johanna (ein Apfel) und Apfitoma (auch ein Apfel). Anschließend wurde gewählt. Nina bekam drei Stimmen, Tara fünf, Markus zwei, Johanna drei und Apfitoma sieben. Alle waren mit diesem Ergebnis zufrieden. Natürlich war Apfitoma am zufriedensten. Was aber überraschend war: sogar Ringo. Niemand wusste warum. Benni, die Pizza, wurde zwar nicht aufgestellt, dennoch schloss ihn jeder ins Herz.

VORFREUDE

Am nächsten Morgen war Lisa etwas müder als sonst. Dennoch wusste sie, dass sie sich das mit dem Obst und Gemüse nicht eingebildet hatte. Denn das Mädchen hatte noch einen kleinen blauen Fleck am Ringfinger. Den hatte ihm Müsliriegel Martha zugefügt, als sie Lisa goodbye sagen wollte. Der Müsliriegel hatte nämlich englische Wurzeln. Das hörte das Kind gestern. Was aber anders als sonst war: Bernd und Melissa taten irgendwie geheimnisvoll! Lisa dachte nach. Hatte sie heute vielleicht Geburtstag? Nein, das war es nicht. Aber gleich erfuhr sie es: „Lisa, heute gehen wir ins Kino! Wir sehen uns ‚Yellow Submarine' an!" „Ist das nicht der Film meiner Lieblingsband, der Beatles?!", rief das Mädchen. So war es.

* * *

Lisa heckte einen Plan aus. Wie konnten ihre kleinen Freunde auch mit ins Kino kommen? Einen Augenblick später hatte sie einen Plan parat: Sie würde zwei Müsliriegel mitnehmen. Diese sollten sich alles genau ansehen und zu Hause dann weitererzählen. Es wurden Martha und Konstantin ausgewählt. Die Riegel waren auch sehr aufgeregt: Endlich würden sie die berühmten Beatles sehen! Alle freuten sich schon.

DAS GESTÄNDNIS

An diesem Morgen aß Familie Gruber Haferflocken. Lisa schmeckte dieses Frühstück sehr gut. Bernd und Melissa planten, was sie an diesem Tag zu Mittag essen sollten. Das Mädchen fragte: „Können wir nicht Ringo essen?" „Wer ist das?", erkundigte sich ihre Mutter. „Och, so nenne ich nur das Würstchen!", antwortete Lisa ihr. Am Ende stand fest, Ringo und Benni, die Pizza, sollten gegessen werden.

Das Mädchen ging zum Kühlschrank, um die Sachen zu holen, da hörte sie ein leises Geständnis:
„Liebe Lebensmittel!
Ich weiß, ihr mögt mich nicht. Dennoch möchte ich mich bei euch entschuldigen, für alles, was ich getan habe. Ich sehe ein, ich habe Fehler gemacht. Bitte können wir uns, bevor ich gehe, noch versöhnen?", fragte Ringo.
Alle waren überrascht, das von ihm zu hören. Apfitoma fiel ihm um den Hals: „Ich wusste, dass du gut bist!" Ringo wurde ein bisschen rot. Erst danach machte Lisa die Tür des Kühlschranks auf und nahm die Pizza und das Würstchen heraus. Gleich würden sie ins Kino gehen!

DER COOLE KINOBESUCH

Als endlich die ganze Familie im Auto saß, fiel Lisa ein, dass sie vergessen hatte, die Müsliriegel mitzunehmen. Das Mädchen sprang aus dem Auto und hastete auf den Hauseingang zu. Gerade zur rechten Zeit blieb Lisa stehen. Martha und Konstantin liefen geradewegs in das Kind. Sie prallten zusammen, doch nur die Müsliriegel fielen um. Lisa hob die beiden auf und lief mit ihnen wieder zurück zum Auto. Endlich konnte die Familie losfahren. Sie fuhren durch die Stadt, aber auch durch den besonderen Tunnel, in dem Lisa und ihre Eltern von Fischen umringt waren. Den liebte das Mädchen.

* * *

Erst nach einer Stunde Fahrt war die Familie beim Kino. Dort tummelten sich Tausende von Menschen. Lisa musste sich immer dicht an ihre Eltern halten, damit sie nicht verloren ging. Herr Gruber kaufte noch schnell Karten, und zwei Minuten später saßen sie im Saal. Das Kind fürchtete sich anfangs vor den Blaumiesen, doch ihre Angst verflog schnell. Lisas Eltern hatten ihr schon ein bisschen etwas über den Film erzählt, jedoch nicht, dass einer der Beatles auf einem Monster reitet! Das überraschte das Mädchen.

✳ ✳ ✳

Schon nach eineinhalb Stunden war der Film zu Ende. Leider viel zu früh. „Mama, Papa, warum haben wir eigentlich das Würstchen und die Pizza mitgenommen? Es ist ja noch Vormittag!", fragte das Kind seine Eltern. Diese antworteten: „Heute gehen wir noch auf einen Spielplatz, damit du neue Freunde findest!" Lisa freute sich sehr. „Und das dauert so lange?", fragte sie Bernd und Melissa. Diese nickten.

AM SPIELPLATZ

Familie Gruber machte sich auf den Weg zum Spielplatz. Er war wirklich weit entfernt. Sie fuhren fast eine halbe Stunde vom Kino aus dorthin. Lisa wunderte das. Also hatten ihre Eltern doch recht! Das Kind war sehr vergnügt im Auto. Es freute sich.

* * *

Am Spielplatz angelangt, parkte Bernd das Fahrzeug, in dem sie saßen. Sofort sprang das Mädchen von ihrem Sitz auf und lief auf den Spielplatz zu. Dort sah es drei Kinder spielen. „Vielleicht freunde ich mich mit einem der Kinder an?", dachte sich Lisa. Schon öffnete sie die Tür des Spielplatzes. Da kam ihr ein Kind in ihrem Alter entgegen. „Hallo, ich bin Fabienne!", begrüßte das Mädchen sie: „Und wie heißt du?" „Ich heiße Lisa!", antwortete sie. Die zwei Kinder freundeten sich an und spielten miteinander, bis Bernd rief: „Lisa, du kannst essen kommen!" Das Mädchen folgte. Nach dem Essen spielten die Kinder wieder zusammen. Erst um acht Uhr am Abend fuhr Familie Gruber nach Hause. Alle waren müde, und so gingen sie nur mehr Zähne putzen. Gleich darauf lagen auch schon alle im Bett.

Die Lebensmittel waren heute zwar aktiv, dennoch quatschten alle nur miteinander. Am beliebtesten waren gerade die zwei Müsliriegel. Beide hatten viel erlebt. Natürlich mussten sie es allen mitteilen!

DER
KOMISCHE TRAUM

Am nächsten Morgen wachte Lisa erst spät auf. Ihre Eltern waren schon längst wach. „Mama, Papa, heute habe ich etwas ganz Komisches geträumt!", berichtete das Mädchen. „Na dann erzähl mal", forderten ihre Eltern sie auf. „Also, es begann, als es plötzlich BUMM machte und eine Zeitmaschine neben mir stand. Ich wollte sie natürlich ausprobieren und stieg hinein. Als meine Hände einen Knopf berührten, begann es plötzlich zu wackeln und mein Kopf wurde herum geschüttelt. Gleich darauf öffnete die Tür sich wieder. Ich stieg aus und sah mich um. Überall um mich herum waren Höhlen und Wälder. Langsam bewegte ich mich auf eine der Behausungen zu. Da kam mir ein Mensch entgegen. Er sah sehr komisch aus und trug nur ein Fell über dem Körper. Da funkte es in mir: Ich war in der Steinzeit! Der Mann musterte mich. Dann stieß er einen Schrei aus, der so laut war, dass ich mir die Ohren zuhalten musste. Da fiel mir etwas auf: Mein Körper war noch mit meinem Palmen-Pyjama bekleidet und nicht mit einem Fell! Das war also der Grund des Schreis! Plötzlich kam eine Frau auf mich zu und gab mir ein Kleidungsstück von ihr. Ich rannte in den Wald, um mich umzuziehen. Dort angelangt, nahmen meine Arme automatisch das Fell in die Hand und schlangen mir das Teil um. Es sah gar nicht so schlecht aus!

Ich war gerade einmal damit fertig, mich anzusehen, als etwas im Gebüsch raschelte. Angst breitete sich in mir aus. Mein Körper war nicht im Stande sich zu bewegen. Im selben Augenblick sprang das Tier aus dem Gebüsch. Es war ein Urzeitpferd. Das Pferd hatte die Größe eines Hundes und an jedem seiner vier Beine hatte es fünf Zehen. Hätte ich nicht Bücher darüber gelesen, wüsste ich nicht, was es war. Das Pferd sah angriffslustig aus. Plötzlich bewegten sich meine Beine wieder und rannten los. Dieses kleine Etwas folgte mir. Ich sprintete auf den Platz zu, wo ich das Fell bekommen hatte. Sogleich erkannte ein Jäger meine Not. Er lief uns hinterher. Schon holte uns der Mensch ein. Der Mann überlistete das Pferd mit einem Stock und es stürzte. Ich bedankte mich bei ihm mit einer kleinen Verbeugung. Er antwortete mir darauf mit einer Kopfbewegung. Dieser Traum war echt komisch! Danach ging jeder von uns in eine andere Richtung. Ich wollte die Höhlen erkunden, so lief ich auf sie zu. Am Platz in der Mitte der Behausungen fehlte jede Spur von Menschen. Nur eine etwas ältere Frau saß auf dem Boden und stampfte Beeren zu einem Brei. Sie winkte in meine Richtung. Langsam schlich ich zu ihr. Die Frau deutete zuerst auf eine Beere, danach auf den Wald und zuletzt auf mich. Also war es meine Aufgabe, Beeren sammeln zu gehen. Schon machte ich mich auf den Weg. Erst irrte mein Körper einige Zeit durch den Wald, bis endlich das große Beerenfeld vor mir lag. Mit schnellen Schritten fand ich einen guten Platz, um die köstlichen Früchte zu sammeln. Da hörte ich plötzlich ein Brummen hinter mir. Es stand ein waschechter Bär hinter meinem Rücken!

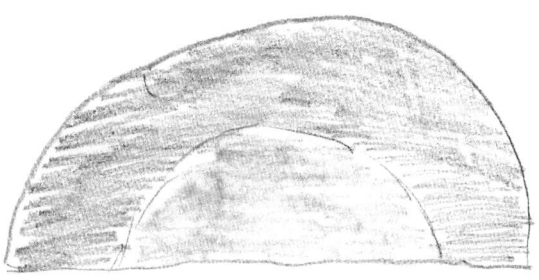

Ich lief so schnell wie noch nie in meinem Leben davon. Nur zehn Meter entfernt stand Gott sei Dank ein hoher Baum. Ich schwang mich mit einem Klimmzug hinauf (in der Wirklichkeit könnte ich es nicht) und sprang von Ast zu Ast, wie ich es einmal mit einem Freund gemacht hatte. Gut, dass der Bär mir nicht Gesellschaft leistete. Da fiel mir ein, ich musste nach Hause und es war schon dämmrig! Nach einer Weile wurde dem Bären langweilig und er ging weg. Das nutzte ich aus, kletterte auf der anderen Seite des Baums herunter und lief zur Zeitmaschine. Mir kam es so vor, als ob sie auf mich gewartet hätte, denn sie flog schnurstracks nach Hause. Bei diesem Teil wachte ich auf."
„Lisa, das war ein spannender Traum! Doch nun iss dein Frühstück auf!", sagte ihr Vater.

EINE ERFREULICHE BEGEGNUNG

Lisa startete gut in den Tag. Ihre Eltern empfahlen dem Mädchen, Sport zu machen. So turnte Lisa vor dem Fernseher (es gab eine Sendung, in der geturnt wurde). Ein wenig später fragte Melissa, ob Lisa Lust hätte, mit ihr spazieren zu gehen. Anfangs weigerte Lisa sich mitzukommen, doch nach einer Weile willigte das Kind ein. Wenn ihre Eltern unbedingt wollten! So ging die Familie schon einige Minuten später die Allee entlang. Es war wirklich beeindruckend, wie die Blätter glänzten. Plötzlich lief ihnen jemand entgegen. Lisa sah genau hin. War das nicht Fabienne?! Genau, sie war es. Das Mädchen fiel seiner Freundin um den Hals. Die beiden fingen sofort ein langes Gespräch an. Darin ging es hauptsächlich um Schule, Sport und Musik. Fabienne ging auch mit ihren Eltern spazieren. So konnten alle noch ein Stück Weg zusammen zurücklegen.

Beim großen Brunnen trennten sich ihre Wege. Jede Familie ging in die Richtung ihres Hauses. Zu Hause angekommen, packte Lisa mit ihrer Mutter alles für die Schule, währenddessen Bernd das Essen kochte.

Am Nachmittag las Lisa das Buch „Im Wilden Westen". Ihr Vater hatte es ausgewählt. Es handelte von zwei Menschen, die Sonja und Günter hießen. Zusammen durchquerten die beiden die Wildnis. Damit war Lisa für drei Stunden beschäftigt. Als sie das Buch fertig gelesen hatte, wünschte sie sich sofort den nächsten Band.

Langsam wurde es Abend. Familie Gruber bereitete schon das Abendessen zu. Bernd holte die Salami aus dem Kühlschrank „Ihhh! Sieht die ekelig aus! Ganz voll Schimmel!", rief der Mann angewidert. Schon lag die Wurst im Mistkübel.

Der Abend verlief zackig. Lisa huschte ins Bett. Sie lag noch lange wach. Sollte sie nachher noch zu ihren Freunden gehen? Ihre Eltern sprachen noch ein bisschen miteinander, doch bald gingen auch sie schlafen.

DER ABSCHIED

Im Kühlschrank herrschte Unruhe. Sammy Salami wurde aus dem Kühlschrank entfernt! Und Birk und Balduin sahen auch schon schlecht aus. Apfitoma begann eine Rede: „Hallo liebe Lebensmittel!
Wir haben uns heute hier versammelt, um von Balduin und Birk Abschied zu nehmen. Jetzt bekommt jeder die Möglichkeit, etwas zu ihnen zu sagen. Ich mö…" Thilda, die Tomate, unterbrach sie: „Also, ich möchte mich bei euch beiden bedanken, weil ihr mir anfangs, als ich in den Kühlschrank gekommen bin, die Angst vor dem Verspeisen genommen habt. Danke!"
Nun begann auch Apfitoma wieder zu reden: „Genau! Ihr habt den meisten Lebensmitteln geholfen, sich einzugewöhnen. Dafür danken euch alle!" Diese Worte nahmen die zwei Gemüse noch wahr, danach hörte man nie mehr etwas von ihnen.

Da öffnete sich plötzlich die Kühlschranktür und davor stand Lisa. „Hallo! Kann ich ein bisschen bei euch bleiben?", fragte das Mädchen flüsternd. Die Lebensmittel willigten ein. Sie sprachen noch eine Weile mit dem Kind über den bevorstehenden Tag. Es war sehr aufgeregt und brauchte jemanden, der mit ihr zur Schule ging. Gemeinsam entschieden Lisa und ihre Freunde, dass Thilda das Mädchen am ersten Schultag in der neuen Schule begleiten sollte. So war das geregelt und alle waren damit zufrieden. Am meisten Lisa.